MW01679288

La traduction en russe de certains passages du texte a été réalisée par Elena Belyaeva.

© ELYTIS 2010

51, avenue Jeanne d'Arc 33000 BORDEAUX
www.elytis-edition.com
ISBN : 978-2-35639-055-4

PASSEPORT POUR

une Russie

PHILIPPE ROUSSEAU

MES PAS CAPTENT LE VENT

ELYTIS

Visas

06

Звезды создают хаос.
Чем дальше иду, тем меньше я знаю.
Шаги отдаются горизонту без края.
Не умею читать по звездам,
Что нашел бы под их сенью?
За что зацепиться, когда так скользко?

Prologue

Mes pas captent le vent. L'eau pagaille dans mes os. L'eau-terre s'entrouvre. J'y plonge. Je m'enfonce. Elle m'avale en amont. Je glace. Je divague au fond.

Mes pas captent le vent. Les étoiles organisent un chaos. Plus j'avance, moins je sais. Mes pas s'offrent à l'immensité horizontale. Je ne sais pas lire les étoiles. Que trouverai-je sous leur feuillage, quel arrimage où mes pas glissent ?

Je marche. Les étoiles sont au sol, autant qu'elles sont au ciel. Leur présence m'ensorcelle, tant elles sautent à mes yeux. Je marche.

Скользит шаг, скользишаг,
Скользишаг, скользишаг *(ритмично, в свободном темпе)* *

* Mes pas glissent (répété, rythmé ad libitum).

Mes pas m'arrachent. Il fait noir. Des muscles se font connaître. Le sol est miroir blanc de neige. Mes pas s'accrochent à cette surface horizontale. Le sol noir de glace glisse. Mes pas réagissent. Le sol gris est piège. Mouvementé. Un vaste terrain de pare-brise en tout sens, brisé. Mes chevilles s'y tordent. Mes pas s'y vrillent. Je ne tombe pas. Je m'y refuse. Je suis édifice vertical fragile. Mon corps est plus grand que moi. Il s'envole. Il me voit de là-haut. Je suis aigle. Je suis loup. Je suis élan. Je luis.

Mes pas, mes pas, mes pas, l'eau-terre accueille mes pas. Je capte le vent. Mes pas marchent sans moi. Je mens. Je fonce. Mes pas mâchent ma route. Sans moi. Mes os roulent sur les eaux. Je silence. Je pleure des larmes amères à saler cet océan d'eau douce. Je m'enfonce vertical. L'eau éclaire. Mes pas comptent le temps. L'étoile est claire. Des champs froids me traversent. Le berger est au nord. Vénus se dérobe. Je la regarde. Je la rêve nue. La grande ourse hiberne.

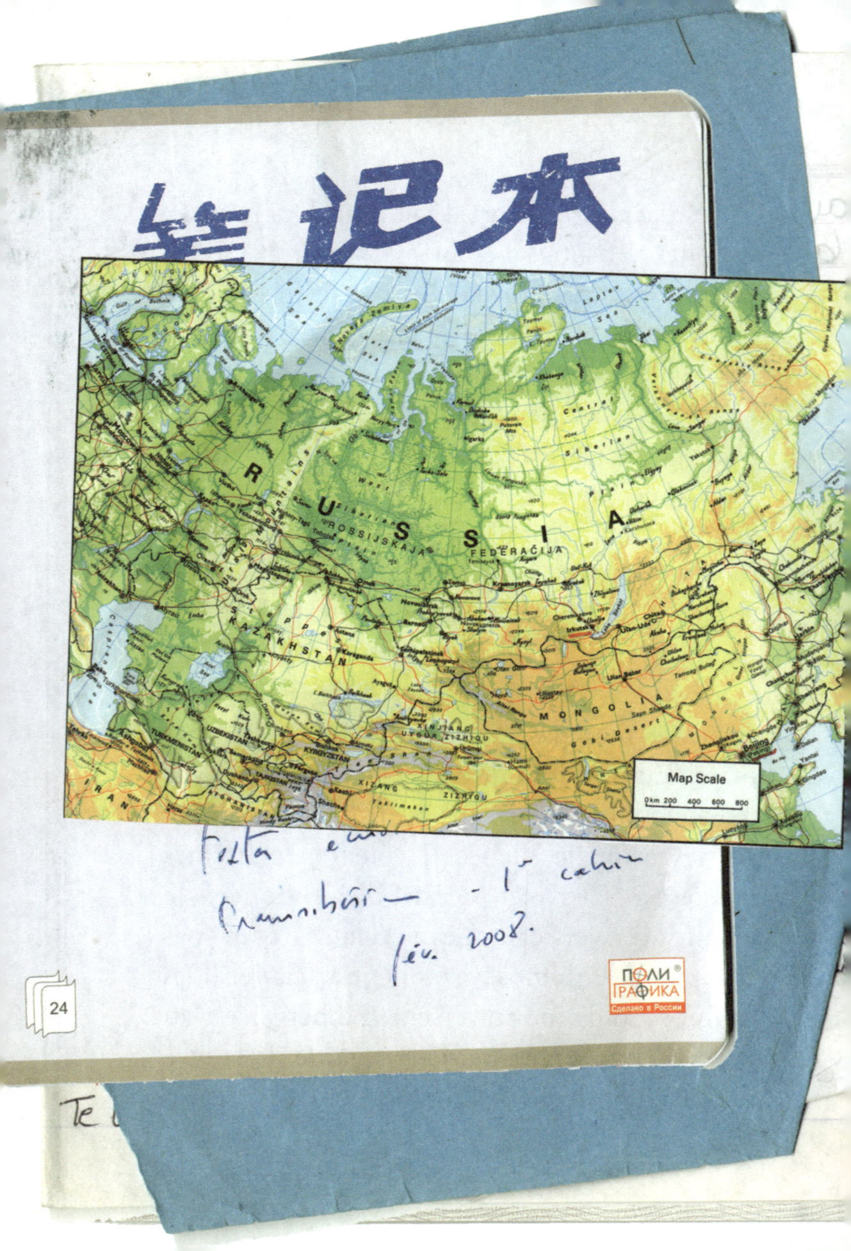
笔记本
RUSSIA
ROSSIJSKAJA FEDERAČIJA
KAZAKHSTAN
MONGOLIA
UZBEKISTAN
TURKMENISTAN
KYRGYZSTAN
IRAN
Map Scale
0km 200 400 600 800
1er cahier
fév. 2008.
24
ПОЛИ ГРАФИКА
Сделано в России

Une vierge callipyge avale un glaçon. Il la féconde. En haut, en bas, je marche au milieu de ce chaos de glace. Rien n'assomme mes précipices. Rien qui ne commence ni ne finisse. Le ciel rejoint le sol. Ils s'unissent devant moi. Je marche au milieu de leur union. Je vois la scène primitive. Je voile ma face. La pluie d'étoiles ensemence l'eau-terre. La terre vierge est enceinte. Je vois la naissance des êtres, de la flore, de la faune. La genèse est ici. Le monde naît de là. Dans ce chaos, je vois les étoiles danser. Les géants nous épient depuis les montagnes alentour. Mes pas, mes pas, mes pas captent le vent. Je les entends. La mère, source de toute chose, est née. Elle ouvre ses entrailles. Elle enfante devant moi le monde.

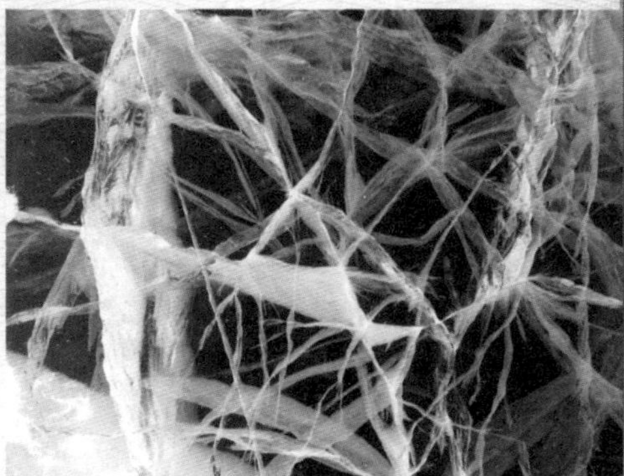

J'attends. Je la regarde vaille que vaille.

page suivante : Le Rocher du Chaman, Ile Olkhon, Lac Baïkal.

Jehanne *, que fais-tu sur la glace ?
Aimes-tu cette neige, vierge de toute trace ?
La terre est ronde. Cette mer est plate. Je suis vertical. La terre s'entrouvrira un jour de bonheur.

* En 1913, Blaise Cendrars écrit *La prose du transsibérien et de la petite Jehanne de France (Du monde entier au cœur du monde,* Poésie Gallimard). Dans ce poème, il écrira ce prénom Jeanne tantôt avec un h, tantôt sans. Voilà la note écrite dans l'ouvrage concernant cette double orthographe : "Inutile de chercher à identifier sa petite compagne de route à la double orthographe, tour à tour prostituée en Jeanne et magnifiée en Jehanne".

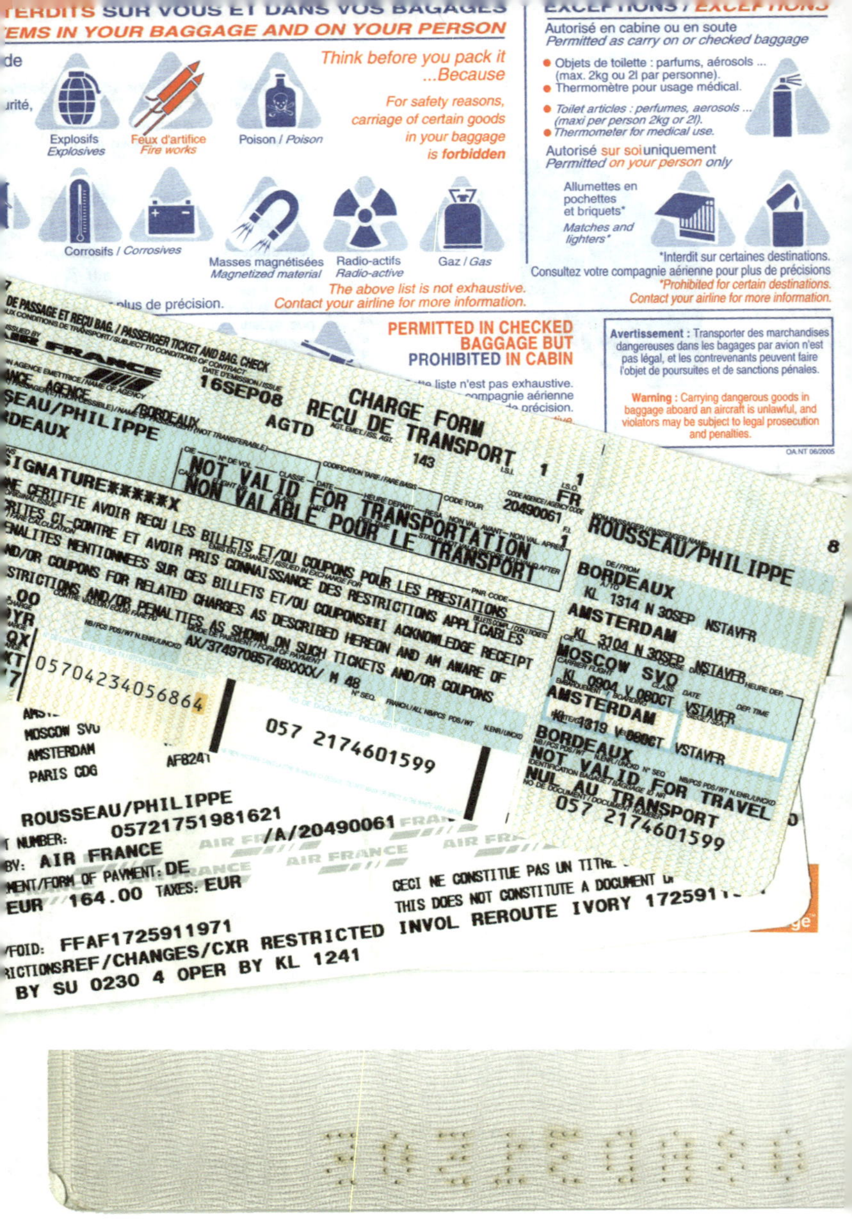

TERDITS SUR VOUS ET DANS VOS BAGAGES
EMS IN YOUR BAGGAGE AND ON YOUR PERSON
Think before you pack it ...Because
For safety reasons, carriage of certain goods in your baggage is forbidden
Explosifs / Explosives
Feux d'artifice / Fire works
Poison / Poison
Corrosifs / Corrosives
Masses magnétisées / Magnetized material
Radio-actifs / Radio-active
Gaz / Gas
The above list is not exhaustive. Contact your airline for more information.
EXCEPTIONS / EXCEPTIONS
Autorisé en cabine ou en soute
Permitted as carry on or checked baggage
Objets de toilette : parfums, aérosols ... (max. 2kg ou 2l par personne).
Thermomètre pour usage médical.
Toilet articles : perfumes, aerosols ... (maxi per person 2kg or 2l).
Thermometer for medical use.
Autorisé sur soi uniquement
Permitted on your person only
Allumettes en pochettes et briquets*
Matches and lighters*
*Interdit sur certaines destinations. Consultez votre compagnie aérienne pour plus de précisions
*Prohibited for certain destinations. Contact your airline for more information.
PERMITTED IN CHECKED BAGGAGE BUT PROHIBITED IN CABIN
Avertissement : Transporter des marchandises dangereuses dans les bagages par avion n'est pas légal, et les contrevenants peuvent faire l'objet de poursuites et de sanctions pénales.
Warning : Carrying dangerous goods in baggage aboard an aircraft is unlawful, and violators may be subject to legal prosecution and penalties.
OA.NT 06/2005
AIR FRANCE
16SEP08
CHARGE FORM
RECU DE TRANSPORT
AGTD
ROUSSEAU/PHILIPPE
BORDEAUX
NOT VALID FOR TRANSPORTATION
NON VALABLE POUR LE TRANSPORT
SIGNATURE*****X
JE CERTIFIE AVOIR RECU LES BILLETS ET/OU COUPONS POUR LES PRESTATIONS
ECRITES CI-CONTRE ET AVOIR PRIS CONNAISSANCE DES RESTRICTIONS APPLICABLES
PENALITES MENTIONNEES SUR CES BILLETS ET/OU COUPONS**I ACKNOWLEDGE RECEIPT
AND/OR COUPONS FOR RELATED CHARGES AS DESCRIBED HEREON AND AM AWARE OF
RESTRICTIONS AND/OR PENALTIES AS SHOWN ON SUCH TICKETS AND/OR COUPONS
AX/374970857 48XXXX/ M 48
0570423405686 4
057 2174601599
ROUSSEAU/PHILIPPE
BORDEAUX
KL 1314 N 30SEP NSTAVFR
AMSTERDAM
KL 3104 N 30SEP NSTAVFR
MOSCOW SVO
KL 0904 V 08OCT VSTAVFR
AMSTERDAM
KL 1319 V 08OCT VSTAVFR
BORDEAUX
NOT VALID FOR TRAVEL
NUL AU TRANSPORT
057 2174601599
MOSCOW SVO
AMSTERDAM
PARIS CDG
AF8241
ROUSSEAU/PHILIPPE
NUMBER: 0572175198162 1
/A/20490061
BY: AIR FRANCE
FORM OF PAYMENT: DE
EUR 164.00 TAXES: EUR
CECI NE CONSTITUE PAS UN TITRE
THIS DOES NOT CONSTITUTE A DOCUMENT
FOID: FFAF1725911971
RESTRICTIONS REF/CHANGES/CXR RESTRICTED INVOL REROUTE IVORY 172591
BY SU 0230 4 OPER BY KL 1241

Vols

UNE PORTE S'OUVRE. A l'heure locale, le couloir s'élance. Mes pas avancent. Les roues des valises tournent. Un billet dans la poche démarre l'imaginaire. Je vérifie qu'elle ne soit pas crevée.

Autant je me souviens qu'elle le fut dans un poème d'adolescence. Il n'est plus temps qu'elle le soit. "J'étais loin de mon adolescence" *.

Des escalators me proposent leur automatisme. Je choisis l'escalier manuel. Je pars. Pas à pas. Marches après marches.

La langue qui m'est maternelle va vite devenir langue étrangère. Oh, ma mère, qu'en

* Sauf mention contraire, toutes les citations sont extraites de Blaise Cendrars, *La prose du transsibérien et de la petite Jehanne de France (Du monde entier au cœur du monde,* Poésie Gallimard).

dis-tu ? D'ailleurs, comment me parlerais-tu ? Tu te serais tue, sans doute, sans savoir cette langue d'un ailleurs.

Oh, Blaise, serais-je à la hauteur ? Serais-je assez à l'aise ? Moi, "déjà si mauvais poète qui ne voulait aller nulle part" *. Quitter le port, rentrer dans le lard. Et Jehanne, comment va-t-elle ? Oserais-je la prénommer Jehanne ?

Jehanne, mon ange. Y songes-tu ?

Passeport, carte d'embarquement, visa. Il est en russe. Je tente d'y reconnaître mon nom. Je file l'attente. Des affiches affichent la promesse d'un autre monde. Des escaliers montent. D'autres descendent. Des couloirs circulent. Des portes avancent. Elles dévisagent. Le portique encadre le monde qui part. Il s'interroge sur ces départs. Une sonnerie sonne. Je me retourne sur son sifflet. Je me déshabille un peu plus. Enlève mes chaussures. Je suis là où je suis et j'y suis bien. Je serais bien ailleurs aussi. Je suis bien là, et c'est bien d'être là.

* Ibid. Blaise Cendrars.

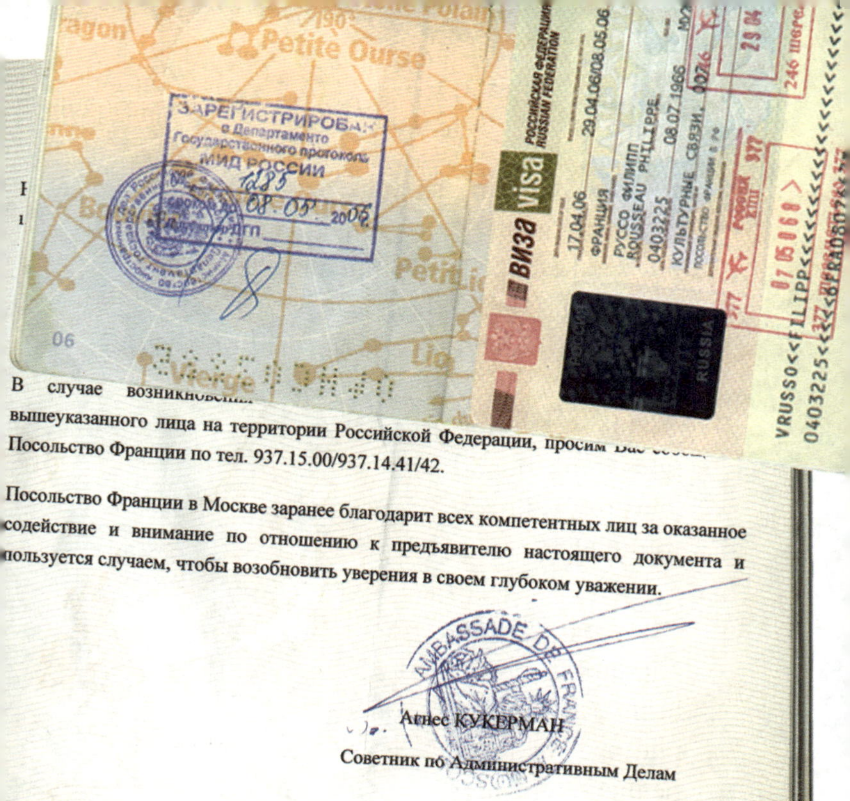

Je ne suis déjà plus celui que je fus. Je suis en route vers celui que je serai. Je suis collé au manège. Je monte droit dans mon siège. Mon téléphone affiche “urgence seulement”. Mon voisin ferme les yeux. Je sens comme du diesel. Je ne fume pas. J’attache ma ceinture. Une “Life Vest under my seat” est sous mon siège. L’aile clignote. Je ferme les yeux. Mon voisin est un homme d'affaires dans une queue d'avion. Il a une moustache. Il a des lunettes sans monture. Il a un pull beige moucheté. Il a des mains tachetées. Il prend de la place. Sans réaction.

Jehanne, tu dors ?

Jehanne, quand te réveilleras-tu à l'heure de ton sommeil ?

La dame vient. Ses cheveux sont raides, bruns et courts. Ils ont une raie sur le côté. Ils se tiennent avec du gel. Elle a des habits bleus. Elle me propose un café. Elle hésite sur sa langue. Un cheveu se place sur la mienne. Elle ressemble à quelqu'une que je connais. *"May I offer you a coffe or tea ?" "Yes, I would like a coffe, thank you."* Je répète. Dans ma tête. *"May I offer you a coffe or tea ?" "Yes, I would like a coffe, thank you."* Deux "e" à coffee ?

Repeat after me :
"May I offer you a coffe or tea ?"
"Yes, I would like a coffe, thank you."

C'est du Nes.

Quelquefois, l'idée du café vaut autant que le café lui-même.

Jane, do you know what I mean ?

A quelle terrasse suis-je à boire ce café ? Dans quels cieux ? Sous quel soleil ? Sur quels champs de carrés bien rangés verts et jaunes, bleus et ocre ? Saurais-je reconnaître les bouleaux des poiriers * ? “Sur quels champs de maisons, d’infinies rangées de rues surpeuplées, serai-je demain à la même heure ? ** ”

Jane, may I offer you a coffee or tea ? Quelle heure sera-t-il demain à la même heure ?

Que vais-je faire à l’aéroport d’Amsterdam ?
Y aura-t-il des dames sur des vélos graciles ?
Y aura-t-il des dames dans des automobiles ?
Y aura-t-il des Dims dans les rames de la ville ?

Y aura-t-il des crimes dont les dames sont victimes ?
Y aura-t-il des drames mêlant des femmes fatales ?
Y aura-t-il des rimes dont les dames et les filles,
Se pament dans les villes, au péril de leur vie ?
Mes rimes distilleront-elles un serein texte-appeal ?
Mes vers un peu habiles iront-ils, versatiles,
Vers quelqu'une de ces elles, habile Docteur Jekyll ?
Et de joyeux nombrils, j'embrasserai le pénil.

Fussent-ils futiles mes vers, les cils du loup habitent le ciel.
Blaise, ne réveillons ni les voisins, ni les soupçons.
"Pourtant, j'étais fort mauvais poète ***".

* L'expression française : "Faire le poirier", se traduit en russe par "Faire le bouleau".
** Parole extraite d'une chanson de "Kinks", groupe de rock anglais formé en 1964. Ces paroles se trouvent aussi dans le film de Philippe Garrel : "Les amants réguliers".
*** Ibid. Blaise Cendrars.

СХЕМА СКОРОСТНОГО ТРАНСПОРТА

с минутами

время в пути

http://www.allo495.ru

Отдел рекламы
(495) 502 2380

РИА АЛЛО, СТОЛИЦА!

MÉTRO
МЕТРО

JE REMPLIS une fiche blanche pour une fille noire. Je sors de la zone internationale. Je commence à apprendre à lire.

ПАНАСОНИК se lit Panasonic,
МАКДОНАЛДС se lit MacDonald's,
МАДОННА se lit Madonna.

Le "mache route *" 49 m'ouvre ses portes. Je ne suis pas seul. Les autres tendent 50 roubles. J'en fais autant. Une télévision défile ses pubs. Une radio déroule ses infos. Ce sont des

* Le *macheroutka* désigne un minibus d'une quinzaine de places servant de transport en commun en Russie.

informations routières. Je comprends les embouteillages. Deux heures pour rejoindre Moscou. Le “mache route” passe par les potagers. Nous traversons des datchas de riches. Je m’endors. Le noir se lève. Il impleure les mots.

Jeanne, vis tant qu’il est temps !
Vis autant que tu en as le temps !

МАД

Les sons se patatent dans mon oreille. Mon sac gêne. Les moins 10° me réveillent aux ouvertures. Je serre mon sac près de moi. Bientôt, nous ne ferons plus qu’un. Je continue mon apprentissage. Les enseignes vont par deux. Une cyrillique et une latine. J’apprends. J’approche. Mon visage s’aplatit contre la vitre. J’en saisis le contraste. Ouverture. Tout le monde descend. Je descends.

ННА!

Mes pas. Mes yeux. Mes oreilles. Ma bouche. Mon nez. Je prends tout. Je n’oublie rien.

J’entre dans la bouche du métro. Sa gorge est profonde. Des néons éclairent le marbre. J’y entends des annonces. J’en devine la teneur publicitaire. J’en respire l’haleine. Une dame en guérite surveille ma descente. Je colle sur ma droite.

Des statues m'accueillent. Des stéréotypes de type soviétique m'ouvrent les bras. Le museau du chien paysan est lissé par les caresses de milliers de mains. Le musée est à portée de main. Je déchiffre les signes cyrilliques sur ce quai. Vers où dois-je aller en ce jour ? Les héros en stéréo sont muets. Quel sourd traquenard trament-ils en secret ? Plus j'avance, moins je sais. Une rame arrive. Je m'y enfuis. J'interroge avec ma carte un vivant. Il acquiesce : "Da" Yes, j'ai bon. Je ne m'assois pas. Je dors sur moi. Le métro va rapido. Mon bas du ventre vibre des trépidations basses. L'accélération est forte. Le bruit me traverse dans le sens de la marche. Des gens y dorment.

Je demande : "C'est bien là, Stantsiya Partizanskaïa ?"

СТАНЦИЯ ПАРТИЗАНСКАЯ

J'y mets tout ce que j'ai appris d'accent. "Da". Je remercie. Je descends. Je traverse les quais. Je remonte. Je me trompe. Je le sens plus que je ne le sais. Je redescends.

Le métro m'enfourne dans sa chaleur de ventre. Long comme le vieux Styx, les vieux escalators dantesques, me descendent dans le tréfonds de l'antre. Outre les voix qui tombent, les couloirs sentent la mort. Pourquoi aller si loin si c'est la voir encore ? Mes pas sont en vie, ils ont envie qu'il vente. La chaleur est d'aisselle, les odeurs sont torves. Ma gorge est habitée de fantômes qui la hantent.

Dans ces escalators, je file sur la gauche. Je marche et marche encore, les deux mains dans les poches. Je m'assieds à l'endroit. Bientôt ma tête hoche. Je tente une sieste. Le sommeil me fauche.

Un effluve salin me réveille et me vexe. Un parfum à la mode circule dans la rame. Que vient-il faire ici ? Il habillait une ex. Quel complot cette rame à mon insu me trame ? J'ai recours au sommeil, je m'enfuis, me rendors. Les secousses du réel réveillent mon cortex. Pourquoi aller si loin si c'est la voir encore ? Ce métro a le don de créer un vortex, où je me tourbillonne au gré de ses senteurs. Mes organes remuent, jusqu'au bout de l'apex. Mes sens s'y promènent comme des maraudeurs.

En allant vers le centre, l'haut-parleur est un homme. C'est ainsi que l'on part au boulot le matin. A l'inverse, il s'inverse, l'artifice est malin. Une voix féminine raccompagne vers le home.

Je réapprends à lire, B, A, BA, V, A, VA, les messages cyrilliques accrochés aux cloisons. Ici comme à New-York, ils vantent à Dieu va, les productions en stock, les produits à foison. Les capitales du monde ressemblent à s'y méprendre – les décalages horaires ne sont plus que des leurres – aux capitales du monde où s'assemblent, sans comprendre, les hommes dont le vent mélange les odeurs.

Je sors de ce métro, mot international. Un jeune homme m'interpelle en russe… normal. A mon air héberlué, il s'adapte d'emblée. Il me montre du doigt mes chaussures délassées. Je comprends, il sourit, je souris, il s'arrête. *Spaciba, pajalsta* *. Nos mots sont nets. Mes chaussures délassées sont trop lourdes à mon cœur, j'ai envie d'enlacer ce russe salvateur.

* *Spaciba*, merci, *pajalsta*, s'il vous plaît ou l'équivalent de "de rien".

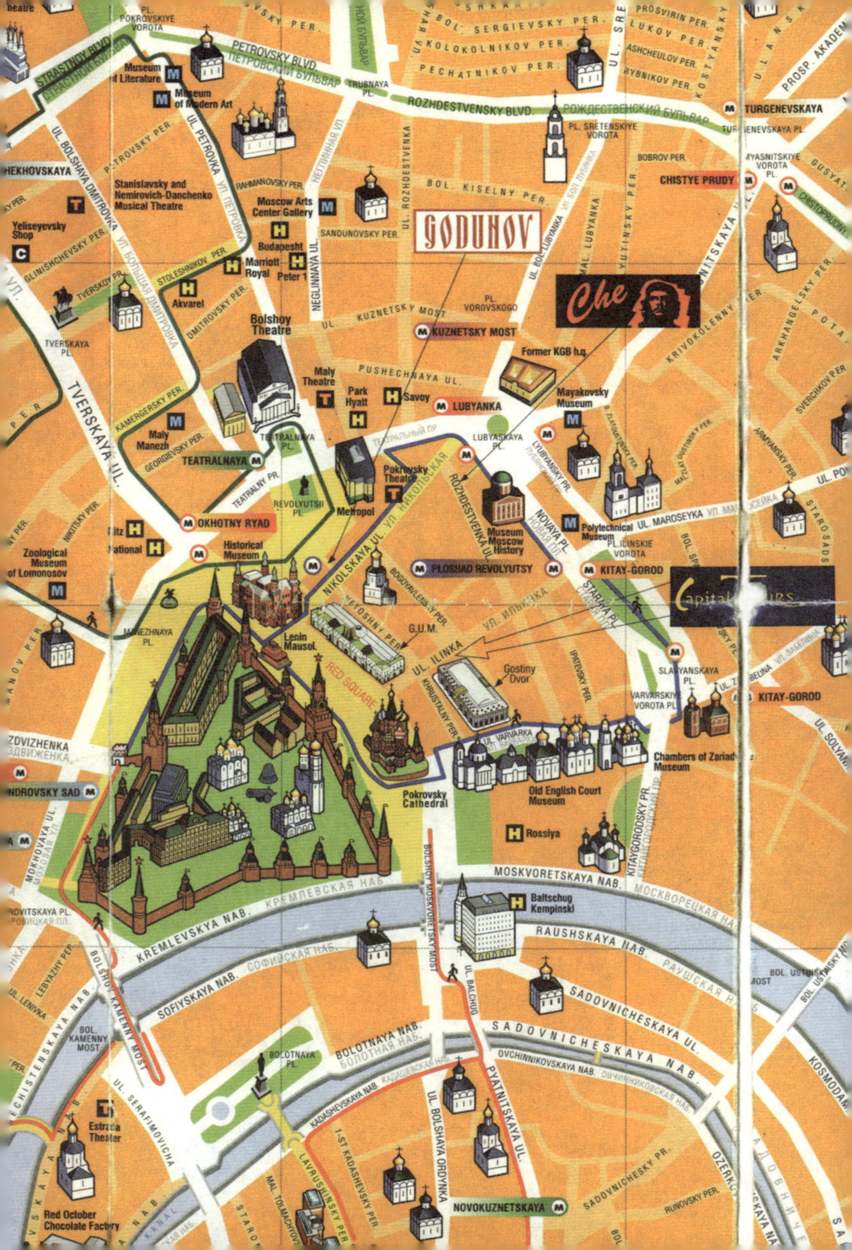
Petrovsky Blvd.
Rozhdestvensky Blvd.
Turgenevskaya
Chistye Prudy
Museum of Literature
Museum of Modern Art
Trubnaya Pl.
Pokrovskiye Vorota
Stanislavsky and Nemirovich-Danchenko Musical Theatre
Moscow Arts Center Gallery
Yeliseyevsky Shop
Budapesht
Marriott Royal
Peter 1
Akvarel
Sandunovsky Per.
Bol. Kiselny Per.
GODUNOV
Che
Pl. Vorovskogo
Kuznetsky Most
Bolshoy Theatre
Maly Theatre
Park Hyatt
Savoy
Lubyanka
Former KGB h.q.
Mayakovsky Museum
Tverskaya Pl.
Tverskaya Ul.
Kamergersky Per.
Maly Manezh
Georgievsky Per.
Teatralnaya Pl.
Teatralnaya
Teatralny Pr.
Revolyutsii Pl.
Metropol
Pokrovsky Theatre
Lubyanskaya Pl.
Museum Moscow History
Polytechnical Museum
Ul. Maroseyka
Pl. Ilinskie Vorota
Ploshad Revolyutsy
Kitay-Gorod
Okhotny Ryad
Ritz
National
Historical Museum
Zoological Museum of Lomonosov
Nikolskaya Ul.
Capital Tours
Manezhnaya Pl.
Lenin Mausol.
G.U.M.
Ul. Ilinka
Gostiny Dvor
Red Square
Slavyanskaya Pl.
Varvarskiye Vorota Pl.
Kitay-Gorod
Vozdvizhenka
Aleksandrovsky Sad
Ul. Varvarka
Chambers of Zariadye Museum
Old English Court Museum
Pokrovsky Cathedral
Rossiya
Mokhovaya Ul.
Moskvoretskaya Nab.
Baltschug Kempinski
Kremlevskaya Nab.
Raushskaya Nab.
Sofiyskaya Nab.
Sadovnicheskaya Ul.
Sadovnicheskaya Nab.
Bol. Kamenny Most
Bolotnaya Nab.
Bolotnaya Pl.
Ovchinnikovskaya Nab.
Kadashevskaya Nab.
Ul. Serafimovicha
Estrada Theater
Pyatnitskaya Ul.
Ul. Bolshaya Ordynka
Novokuznetskaya
Red October Chocolate Factory
Lavrushinsky Per.
Sadovnichesky Pr.
Runovsky Per.

СКЛАД АВТОМО
DRON
АРТЕМ
&
ЮЛЯ

Reverse
Я ТЕБЯ
16.05.08

we are always at your service.

Capital Tours

The A
on Thu
.30 a

s tou
g 5 st
ven if
00 am

depa
recep
l agen
oned.

ng:
442
2717

PLACE ROUGE

LA VILLE aux sept tartes de Staline * dégèle. Des congères boueuses s'abattent comme des bouses. Les fumées des centrales électriques ne pensent même plus à s'élever. Je traverse les rues. Les voitures aveugles des nouveaux riches ouvrent des tombeaux. J'arrête. Je prends les passages piétons souterrains. Comment se repérer en sous-sol noir ? Plus j'avance dans ce voyage, moins je sais où je vais. Je sors au hasard. Je construis mon mythe.

La réalité d'un site est autant dans sa tête. Je salue Saint Basile. Je me perds à l'en tour. Les facades sont bleues, vertes, jaunes, ocre. Je croise

* Surnom donné à sept buildings construits sous Staline.

athédrale Saint Basile sur la Place rouge.

une église. Son bulbe est d'or. Le ciel est d'argent. Le Kremlin est rouge. Tout aussi beau que la place. Le russe confond les deux adjectifs.

Blaise, sais-tu que la guerre russo-japonaise s'est tue * ? Le transsibérien s'arrête à Vladivostok. Il ne transporte plus de cercueils. Il va m'emmener sur tes pas. Un autre train transporte les cercueils. Une autre guerre gronde de ce pas. Les orgues de Staline jouent-elles encore leur partition ?

Mes pas captent leurs vibrations.
Mes pas captent le vent.

L'on m'accueille à l'envi dans la sainte Russie. L'on m'y parle une langue, celle qui m'est maternelle. Je réponds en quatre mots, le

* Ibid. Guerre évoquée par Blaise Cendrars. Cette guerre se déroula de 1904 à 1905.

R01.36439 – K 151395

bagage du poli. Je n'en sais guère plus, ma bouche se scelle. L'on m'ouvre ses maisons, appartements fouillis, abandonnés des hommes. Je tente d'y trouver place. La table y est dressée, *ikra*, *varieniki* *. Mon ventre se remet vite du jet lag fugace. Je dors dans un lit, où le rêche me démange. La serviette toute neuve a du mal à sécher. Si je ne savais pas la saveur de l'échange, j'aurais sans doute un peu honte de déranger.

Je marche la journée, et veille un peu la nuit. Mes oreilles se tendent, mon nez est en éveil. Mon regard va devant, mes pensées s'enfuient. Rien en moi, fatigué, ne trouve le sommeil.

La parole des autres s'énerve à l'instant. Je n'y comprends goutte, cela me fait sourire. Je marche en face de moi, me dirige à l'instinct. Je fabrique au présent de futurs souvenirs.

* *Ikra*, caviar. *Varieniki*, sorte de raviolis. On trouve des recettes sucrées et salées.

J'achète un baiser. La langue qui m'est maternelle a partagé ses mots de gourmand. Une meringue se dit "baiser", la chocolatée se dit zéphir. Le vent capte mes pas.

La dame me vend du kefir.

КЕФИР Le “F” s’arrondit dans le vent. En arrière, en avant de sa barre centrale.

La lettre “P” latine chante “R” dans l’air cyrillique.
Je comprends les *Pectopah*,
Pectopah, pectopah, pectopah (ad libitum)
La ville en est remplie,
Pectopah, pectopah, pectopah (ad libitum)
J’ai toujours aspiré mes “h”.
La lettre “P” chante “R” ;
Le “E” chante “Ié” ;
Le “C” chante “S” ;
Les “T, O & A” chantent pareil ;
Le “H” chante “N”.

Quand on sait que PECTOPAH se dit “Riestaurane”, ça ne change rien, on y mange bien.

Priatnovo appietita.

Быстро

Vite, bistr(o). Bistr(o) *.

J'y étancherai la soif chronique que mes chroniques ne sauront assécher.

Les harengs de la baltique fondent au palais bucal.

Les salades se mélangent. Elles ne savent pas choisir. Ma mère les nomme salades russes. Mes hôtes les nomment salades françaises. Les montagnes russes sont ici américaines. Nos accords ne sont pas du flan **. Nos langues se mélangent. Ma langue n'a pas de mots pour les poissons des lacs sibériens. Notre airelle solitaire a plein de sœurs russes : Klioukva, Brousnika ***. L'italien n'en a même pas. Il colore sa myrtille en rouge.

* Bistro ou bistrot aurait une origine russe. Pendant l'occupation de Paris par les armées du tsar (1814-1818), les soldats entraient dans les tavernes en criant "bistro, bistro". Par confusion, ce mot serait resté. Aujourd'hui, on trouve en Russie des bars appelés bistrot, en référence aux bistrots français.

** En référence à la marque de flan "Francorusse", et aux accords du même nom.

*** Klioukva, airelles des marais ; brousnika, airelles des bois.

La nuit tombe.

J'ai vieilli plus que toi mon ange. Rajeunirais-je en te retrouvant ?

J'achète un châle à Ismaïlovo *.

Rien de nouveau. Dans la nuit, je pare au plus pressé. Je parre au vent. Je parade. Je parre à la mort. Elle hurle.

"La vie que je mène m'empêche de me suicider" **.

Jeanne, que se passe-t-il ? Que devient la Place rouge ? Je l'ai vue sous la neige, vide, entière et mythique. Que vois-je ici ce soir sous lumières électriques ? Un bouge trop livide où, rapide, ton corps bouge. Il fait trop froid pour moi, ton ventre me laisse coi. Il remue sur son axe, il se meut sur son sexe. Et Lénine esseulé, reste froid et perplexe. Te retournerais-tu ou restes-tu de bois ? Le sage saint Basile est au fond bien-

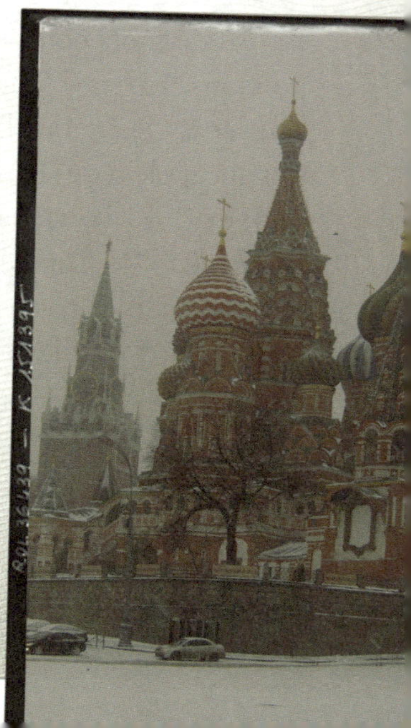

* Marché artisanal et brocante en banlieue de Moscou.

** Ibid. Blaise Cendrars. La citation exacte est : La vie que j'ai menée m'empêche de me suicider.

heureux. Il a nommé ce lieu dont je ne me fatigue. Savait-il qu'un jour se changeraient les cieux ? Qu'une danse de saint Guy, qu'une drôle de gigue, s'y danserait le soir ? Des filles à moitié nues s'y laissent entrevoir sur cette patinoire. J'y glisse sans savoir si je l'ai reconnu. Qu'est devenue la place où je suis revenu ? Jeanne qu'as-tu à me dire ? Que cherches-tu avide ? De l'amour, de l'argent, du sexe et du plaisir ? *Ia tibia lioubliou* * d'un amour rapide qui tentera,

* Je t'aime.

ensemble, d'ensemble nous réjouir. Je perdrai mon sabir dans tes yeux cyrilliques. Tu m'auras emmené dans un valeureux bar. J'y boirai à la russe et gagnerai la trique. Tu me regarderas et tes pommettes rares trahiront notre émoi, mieux que mes cinq mots en anglais de comptoir, que je ne saurai dire.

Je t'y honorerai vertical et dans l'ombre.

Tu diras : "spaciba" et puis sans plus rien ouïr, mon argent incomptable paiera sans encombre. Mes roubles offriront à mon trouble de s'enfouir. Et tu t'endormiras et où m'endormirai-je ? Serai-je assez serein dans cette nuit de nacre ? Trouverai-je le sommeil dans cette nuit de neige ? Avec à mes lèvres le goût de ton sexe âcre ? Dans cette nuit, l'enfer me ment, Jeanne réponds-moi.

Dans cette nuit, fermement, Jeanne, réponds-moi.

De vieux laids et de vraies belles parcourent la Place rouge ou

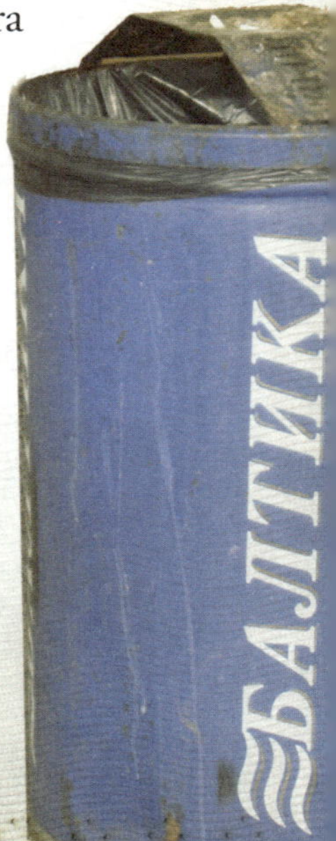

l'hôtel Kosmos. Leur souffle gluant repousserait une Inuit. Ces garces jouissent ou font semblant. Ce qui plaît tout autant à ces vieux garçons blancs.

Les icones bougent. Les photos canons changent. De la vierge canonisée et son enfant martyr, l'on est passé à la travailleuse asexuée, capable de prendre les armes, avec ses frères et camarades d'armes, paysans, travailleurs, partisans.

L'on enchaîne à la consommatrice, au corps canonisé par l'occident, érotisé par Thanatos, plus vierge depuis bien longtemps.

Serais-je un jour iconisé autrement qu'en croyant guerroyant, travailleur consommant ?

"Travailler plus pour gagner plus", ça donne quoi en russe ?

"Buvez du cacao Van Houten *".

Je suis partisan de tuer les slogans.

Je suis vivant. Où cela est-il montré ? Comment le dire sans être ermite. Hermétique à là où je vis ?

* En référence à un poème de Maïakovski, où lui-même fait référence à ce slogan crié par un condamné à mort avant son exécution en 1910, en échange d'une somme d'argent promise à sa famille par la société Van Houten.

Je m'envole rejoindre ma source-mère. Mère, protège-moi dans l'espace de mon vol ! Un élan apparaît. Il est au galop. Il me frappe. Ses bois m'envoient dans l'air. Je m'envole. Les maisons rapetissent. Une Jeanne, Vénus callipyge, chauffe mes sens à blanc. Je tourne la page. Elle avale mon grêlon. Son chant de jouissance cosmogonique s'emprisonne dans la glace jusqu'au prochain soleil levant. Mon corps éclate. Je suis nu. Dépecé par les ours des étoiles. Ma tête est coupée, déposée dans un coin pour que j'y vois bien. Mes os blanchissent dans le lait d'une jument. Mes chairs sont chaudes.

Trois jours durant, mes os blancs sèchent séparés de mes chairs. Trois jours seront nécessaires pour remettre mon corps en aplomb. Sept ans de folie seront nécessaires pour remettre mon âme en amont. Ressortirai-je mon âme indemne, de cet envol somnambule ?

Jeanne, te réapparaîtrai-je vivant ? Attends trois jours. Un peu plus peut-être si la folie me gagne. Je gagnerais à la vivre.

Plus j'avance dans ce voyage, moins je sais où je vais.

Jane, I miss you
Jane, I kiss you
Dans l'interstice de mes pensées, tu as glissé un supplice. Où and comment te retrouverais-je ? Dans quelles neiges, dans quelles coulisses ?

Беру пе

А г

GARE DE YAROSLAVL

JE PRENDS UN TAXI. C'est un faux.
Je négocie le prix. Il le faut.
Je reconnais une Radio Nostalgie.
Je cuve la vodka de la veille.
C'est dur.
J'ai bu du coca ce matin.
C'est dire.

La musique nostalgique russe berce mon estomac. Dare-dare. Je paie en liquide le prix convenu à l'avance.

J'avance sur le quai.

Les flics me causent dans la gare centrale.

Stress bizarre, buzz, Stress russe. Quai de gare. Crasse. Stop.

стоп.

Je me souviens les francophones m'apprendre que seul le français québecois avait retenu "arrêt" plutôt que "stop".

стоп.

Les flics me stoppent. Je tente mon anglais d'aéroport et mon russe de cuisine. Ils ne conviennent pas dans une gare. La gente uniformisée ne l'entend pas de cette oreille. Je joins ma parole au geste. Leur corps font barrage. Ils ne veulent rien savoir. Je suis tout seul. Ils en sourient. Ce sont des chats. Ils ont une proie. Un autre arrive. Plus de galons.

– Passeport ?

C'est comme taxi, café et métro, je l'ai compris. Je le tends. J'attends. Il le rend. Il m'expulse de son champ de vision. Mon origine est-elle l'origine de cette expulsion ?

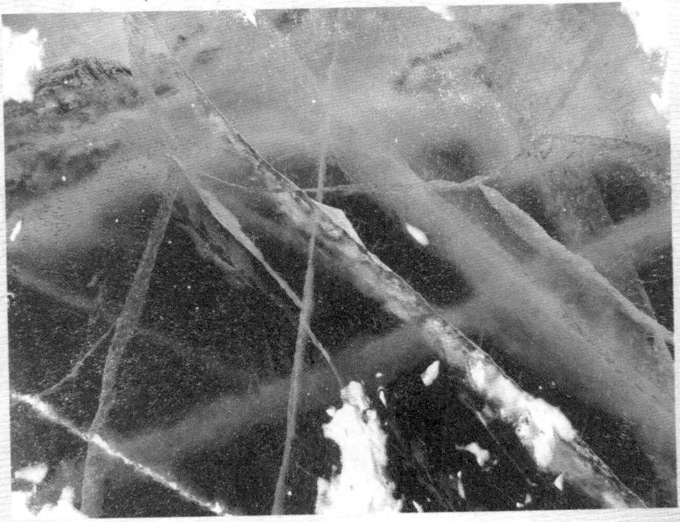

АСУ «ЭКСПРЕСС»
ПРОЕЗДНОЙ ДОКУМЕНТ
ЕИ2010161 785
ПОЕЗД
№ шифр
ОТПРАВЛЕНИЕ
число
месяц
часы
мин.
ВАГОН
ЦЕНА
руб.
плацкарта
Кол-во человек
ВИД ДОКУМЕНТА
ИНН 7708503727
ОКПО 00083262
10 ИА 18.02 23.25 10 П
ОСКВА ЯР-ИРКУТ ПАСС (2000
897.9 01 ПОЛНЫЙ
ЕСТА 013 % В-СИБ ВОСТ-С
РМ КЛ.ОБСЛ.ЗП
И 785130 002 41 0438684
304НС032252/РОССО=Ф=-
24М145/ФПА/Н
-2436.0 РУБ В Т.Ч.СТ
СЕРВИС 85.5 В Т.Ч.НАС 13
РФ 2348.2 В Т.Ч.НАС 358.2
РЕМЯ ОТПР И ПРИБ МОСКОВС
ВЕМ У0 ПРИБЫТИЕ 22.02 В 04.1
*201016178851
8280490100082*
CAUCASE
VOLGOGRAD
MOSCOU
VLADIMIR
SUZDAL
IAROSLAV
SAINT PÉTERSBOURG
NIJNI NOVGOROD
KAZAN
KIROV
IEKATERINBOURG
PERM
OURAL
NIJNI TAGUIL
ARKHANGELSK
MOURMANSK
VORKHOUTA
SALEHARD
RUSSI
OMSK
NOVOSSIBIRSK
TOMSK
MARIINSK
KRASNOIARSK
TAICHET
BRATSK
IRKOUTSK
SEVEROBAIKALSK
LAC BAIKAL
OULAN-OUDE
TCHITA
DIKSON
PLATEAU DE SIBÉRIE CENTRALE
KHATANGA
NORDVIK
TIKSI
LENSK
OLEKMINSK

Transsibérien

ИРКУТСК

Irkoutsk.
Je sais lire !
Je monte.

Je suis dans le transsibérien. A l'aise, Blaise.

Il pue. Un peu, beaucoup, passionnément, à la folie. C'est ce vieux-là. Il boit, *patom*. Il chauffe. *Patom*. Il pue.

Oser penser le tuer, je pus. Oser penser le tuer, nous pûmes. Oser penser le tuer, vous pûtes. Qu'il pue !

Il est temps d'aller vers le Levant. Des voyageurs déjà y ont laissé leurs pas. Je fais partie du nombre. Relié à leurs ombres, je les sens dans mes pas. Mes pas captent le vent.

23h30, le train démarre.

3 jours et 4 nuits, nous arriverons à 9h04 à Irkoutsk.

Un visage asiatique dépasse des draps, calme, lisse, détendu, endormi. Autour, des valises s'entrechoquent dans le compartiment. On me demande d'en monter quelques-unes. Ils me croient russe.

Chut.

Je m'exécute en silence. La *pravadnista* * éteint et rallume les lumières. Un tumulte panique. Je comprends

* Personnel chargé de l'entretien dans un wagon durant tout le trajet. Ce sont souvent des femmes, en uniformes bleus. Elle travaillent à deux par wagon, en alternance.

l'extinction pour la nuit. La troisième classe sans cloison n'a pas de lumières individuelles. Des visages s'entrechoquent dans le compartiment.

Je suis dans le transsibérien.

23h30, il démarre.

3 jours et 4 nuits, nous arriverons à 9h04 à Irkoutsk.

Le vieux boit. L'autre dort. Un troisième tousse. La *pravadnista* éteint les lumières. Il faut dormir. Je vais dormir au milieu de 51 autres personnes…

Spakoïnoï notchi everybody !

On dépasse minuit.

Le ballet des valises termine son dernier acte. La lumière rouge est toujours allumée. Je navigue dans le couloir. Le vieux boit *Baltika* *.

Patom vodka, c'est pas la mer à boire.

* Marque de bière russe.

Les odeurs montent comme à la marée descendante. Sac, valise. Où laver mes dents ?

9h04.

Trois jours de train.

Quatre nuits de train et nous arriverons à 9 heures 04 à Irkoutsk. Le sommeil est resté à quai. La couverture est rèche. La toux du monde me gêne la gorge.

Patom, patom.

J'ai dormi. J'ai le sentiment d'une grasse matinée. Le samovar me désaltère. Je prends ma trousse de toilette. J'attends pour mes dents. Demain, fini la grasse. Je passe avant tout le monde. Quelle heure est-il ? Le cadran reste à l'heure de Moscou. Cela facilite l'organisation des chemins de fer russes.

La lumière rouge est toujours allumée.

J'organise ma couchette. Tiens, et si j'allais prendre tchaï * ?

"Et toi, le vieux tonton là-bas, le thé ne t'ôterait-il pas ta toux ?"

* Thé.

Va pour tchaï.

Je regarde par la fenêtre. Des bouleaux avancent. La neige est stable. Le train-train du train. Le bas de la vitre est gelé. Il mouille l'oreiller de ma voisine de dessous. Elle s'organise un sèche-linge.

J'ai choisi la couchette du haut. Notre organisation tient compte, dans son organisation, de celle de l'autre.

Un temps.

Je regarde la fenêtre.

Je bois une gorgée de thé.

Je bois une gorgée de thé.

Je regarde la fenêtre.

Je surveille l'allumage de la lumière rouge avant d'avoir envie de pisser. Je remplis mon verre d'une eau trop chaude avant d'avoir envie d'un thé.

"Et toi, le vieux tonton là-bas, le thé trop hot ne t'ôterait-il pas ta toux ?"

Je mange ce moment sans faim aux horaires de mon ventre recalé. La lumière rouge s'éteint. Je me lave les dents dans la salle d'eau urinoir. Ne pas tomber. Sa glace est givrée. Ne rien faire tomber. Je me lave en entier. De haut en bas. Je mouille le gant. Je me lave. Je rince. Le corps s'habitue à la température de l'eau.

Je découvre un tableau. La *pravadnista* m'explique : la liste des arrêts, le nom des villes, leur heure, leur durée.

Spaciba.

J'ajoute *balchoïé* *.

* *Spaciba balchoïé*, merci beaucoup.

Le prochain arrêt durera 22 minutes. J'en retiens son heure.

Le café est à quinze roubles dans le wagon restaurant du transsibérien avec vue sur la Sibérie. Mon transit est perturbé en voyage. Je vois une ville. Je retiens son nom “Novossibirsk”.

Je sors sur le quai. Un peu de vent. Un va nu-pied en tongs, en habit d'été et chapka va devant. Une dame vend. J'achète : calamars fumés, Kefir. Elle me donne du Nescafé en guise de monnaie.

Le samovar me distribue son eau.

Spaciba samovar.

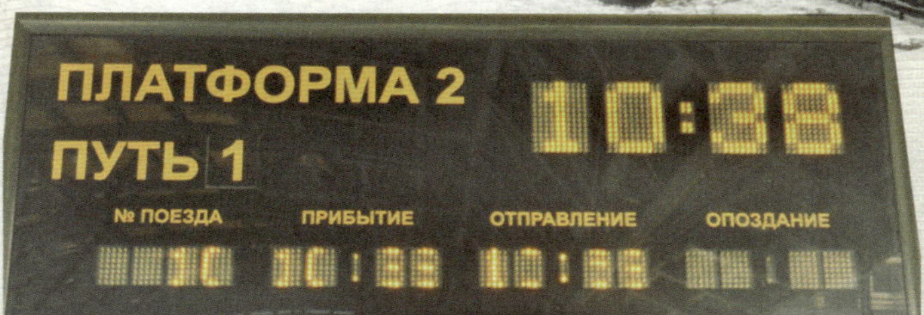

NOVOSSIBIRSK, NOVOSS

J'ai envie de faire pipi. C'est l'effet du café. Qu'il soit vrai ou bien faux c'est toujours l'effet qu'il me fait. Le Russe a ses mots croisés et ses sudokus. La dame bleue prend soin de nous. D'autres tricotent entre les cahots. La dame bleue est blonde. Elle passe l'aspirateur dans le wagon de 3e classe. Elle dispose un tapis dans le couloir avant les arrêts. Elle l'enlève après. Elle avale les kilomètres. Elle s'assure de l'eau dans le samovar. Elle ferme les toilettes en amont et en aval des arrêts. Elle prévient en éteignant la lumière de quand elle va l'éteindre pour la nuit. Nos mères ne se connaissent pas. Sa langue et la mienne se connaissent un peu.

Jehanne, je ne comprends pas tout à la langue des autres.

Loin de là.

Je ne comprends pas tout loin d'ici.

J'écoute.

Je ne comprends pas ce que tu me dis là, Pavel. Je préfèrerais éviter la vodka. Ton petit-fils est né

SK, 22 MINUTES D'ARRÊT

cette nuit. *Za Zdorovje*. Je vois ton regard de grand-père. *Diedouchka*. Ta femme est *babouchka*. Un temps. Tes ancêtres ont fait la guerre à Napoléon. Ils ont rebaptisé nos tavernes en bistrot. Ils ont ramené des idées de Lumières éteintes dans leur révolution ratée datée au 14 décembre 1825.

La paix et la guerre se mélangent dans ta langue. Leurs femmes et fiancées les ont rejoints en hiver à Irkoutsk. La Sibérie fut leur bagne. Elles furent tes *babouchka*.

Patom, patom…

Cette nuit apparaît d'autant plus sombre que c'est une nuit de lune ronde. Elle apparaît par éclair ; des nuages la masquent le reste du temps. Dans ce temps qui reste et qui fait nuit, je tue le temps.

Patom, patom, Patom, patom…

Les mouvements de mon corps intègrent les corps, immobiles ou en mouvement, de mes voisins. Ma voisine de dessous m'accueille sur sa

couchette de nuit devenu siège de jour. Je regarde par la fenêtre. Je regarde la fenêtre. Je regarde là. Je regarde. Regarde :

La neige est blanche. Des taches rythmées renforcent sa blancheur. Elle est horizontale. Les bouleaux sont verticaux. Dans un rythme plus rare que les taches, un bouleau couché crée une ligne en biais dans cet océan. Des poches plastiques se froissent. Des sièges se grincent. La porte du wagon pivote sur ses gonds graisseux. Mes voisins parlent russe. Je me tais.

Aller au bout du monde ne marche pas. Le monde est rond. C'est comme mettre ses arêtes d'omoul * dans un coin de l'assiette. Le monde est rond et n'a pas de bout. J'y suis debout. Vertical. Et quelquefois rond.

Le soleil restera voilé aujourd'hui. Il s'est levé et voilà. Le soleil se couchera comme il a fait son lit. Comment est fait le tien, Jeanne, aujourd'hui ?

Mon téléphone affiche “far east”.

Patom, patom…

J'aime le son de l'aspirateur dans le transsibérien. Je soulève mes pieds. Les odeurs

* Poisson endémique du Lac Baïkal, cuisiné localement à toutes les sauces, du cru au cuit.

restent. A deux mètres du vieux, je sais qu'il est là. Quand il ouvre la bouche, son odeur change : *Pivo (bière)*, *patom* vodka, *niet vada (eau).* Son regard est fixe. Il me gêne. Je découvre qu'il est dans le vague. Je l'accepte. Son âme vogue dans des temps inconnus. Je le regarde. Il pue à donner envie que quelqu'un le tue. Le pousser à un arrêt. Qu'il tombe dans la neige. Qu'elle l'ensevelisse.

Casse-toi, tu pues,
Casse-toi, tu ronfles,
Pousse-toi, tu tousses.

Ce vieux-là pue grave. Il ne se débotte pas des trois jours et quatre nuits. Un cow-boy du far east. Quand il revient de l'espace entre les wagons, le "Tabak" s'ajoute au prisme des odeurs. Il ne les couvre pas. Elles sont toutes là. Elles se gravent dans mes muqueuses nasales. J'imagine sa vie. Obligé.

Tu es né plus tard que ton visage ne me le dit. Sans doute.

Tu es né à l'endroit où ce train te mène.

Il te faudra encore du *Avtobous* * pour atteindre ce lieu-dit. La vie t'y verra mourir avec ceux qui t'attendent ce jour.

Sans doute.

Qu'es-tu allé faire à Moscou ? C'est ta femme qui le voulait ? Tes enfants y sont installés ?

Sans doute.

Ta fille y a réussi. Elle y est mariée, a un ou deux enfants. Tu les aimes ?

Sans doute.

Tu l'as toujours aimée. Et le mari qu'elle s'est choisi aussi. Tu n'as pas choisi ta femme ? Tu l'as aimée.

Sans doute.

Tu les aimes. Tu préfères les voir dans ton cœur que sur un quai. Tu étouffes dans l'espace où ta fille est. Tu es de l'espèce des forêts. Tu la sens. Ta fille est ailleurs. Ce n'est pas le transsibérien qui va la rapprocher. Tu as refusé l'avion.

Sans doute.

Ta fille est dans le bonheur. Dans une ville où tu ne reconnais pas les odeurs. Les tiennes y sont autres. Ta mère t'a donné celle de son utérus. La vie t'a donné celles que tu as maintenant. Ta mère était bouriate et pas russe.

* Autobus.

Sans doute.

Ton odeur est celle que tu as depuis que tu es né moins tôt que ton visage ne me le dis.

Le train suspend son voyage un temps. Seule la *pravadnista* connait le temps. J'ai faim de temps à autre. J'ai sommeil à d'autres temps.

Derrière le miroir sans tain des fenêtres, je vois le soleil suivre sa courbe.

Il se couche. Je l'imite à contre-temps. La lune se lève. Je dors à contre-jour.

Patom, patom…

J'entends ce mot dans la conversation. Il est suivi d'une virgule. Il la rythme. Il la relance. J'en demande le sens : "ensuite". Répété et rythmé, c'est le bruit du transsibérien.

Pas d'un autre train, celui-là.

Il me berce dans le transsib. J'y ai trouvé le sommeil. J'y ai trouvé le transit. Il m'a aidé à accueillir ce que mes yeux, ma bouche, mon nez recevaient. Essayez : *"Patom, patom"*, ad libitum. Vous ne parlerez peut-être pas le russe. Vous saurez parler du russe. Essayez : *"Patom, patom"*, ad libitum.

Patom, patom…

КРАСНОЯРСК

KRASNOÏARSK, 15 MINUTE

Et continuez sur la suite du poème. Ce train ne déraillera pas. C'est le mien.

J'achète du Kefir ou bien une glace vendue direct à l'étal. Je suis dans le congélateur. Je satisfais mes pieds. Je cours un peu pour finir en glissant. La glace ne craque plus. Des gens l'ont écrasée.

Le train est le temps.

Nous n'en avons plus d'autres. Je satisfais ma peau. J'ai froid. Je sors pieds nus dans mes chaussures.

Tu me parles d'un coup sur ce quai.

Nos yeux voguaient dans le silence depuis deux jours. Tu monologues d'un coup. L'odeur d'alcool sort de ta bouche du coup. De tes mots russes, j'extirpe Monte Cristo *Patom* Alexandre Dumas. Tu as des lettres françaises. Mon portrait tombe à la neige fondue. La réalité vue par mon nez m'a trompé. J'acquiesce. Da Monte Cristo. *Franzuzski. Kharacho *!* Tu t'approches beaucoup. Tu postillonnes dans ma

* Formule passe-partout pour les étrangers. Elle signifie que tout va bien, "ok".

D'ARRÊT

bulle. Parle-moi tout ton saoul.

Au prochain arrêt, j'achète vodka. Peut-être que saoul, je parle russe ?

Pravadnista éteint lumière.

Dormeurs dorment.
Ronfleurs ronflent.
Tousseurs toussent.
Pueurs puent.

Je ne sais pas lequel tousse. Je ne sais pas contre qui me fâcher. Deux dormeurs dialoguent dans la toux. Un est en apnée. J'avance dans le silence des ronflements. Un pied dépasse de l'espace de sa couette. L'envie me vient de le mordre. Il se replie. Il m'aurait entendu ? Je regarde les visages. J'ose le faire la nuit. Je n'envisage pas de dévisager le jour. Ils remplissent mon ennui.

Je traverse le couloir. Me retiens au cahot. Les odeurs se tapissent dans le noir. Je les surveille au cas où. Je reste debout. J'honore cette nuit. Les sons y sont sonores. Mes oreilles sont pleines.

Je vais au-dessus du vent. Mes pas aptes au vivant captent le vent.

Quand j'étais dans le transsibérien, ce fut la pleine lune. Le passé recomposé. Le présent intemporel. Le futur est immédiat.

Jehanne, arriverai-je aux prochains jours à
te rejoindre en insomnie ? y
parviendrai-je malgré les
neiges qui, mon amour,
m'ensevelissent ?

3 jours et 4 nuits, il
est 9 heures 04.

Le quai d'Irkoutsk
précède Vladivostok.

ИРКУТСК

IRKOUTSK

JE CHINE sur un marché aux puces russe.

Electritcheskei samovars, jeans en provenance de Chine, *klioukva* et *brousnika* congelées. Je déguste à pleins doigts omoul fumé. J'achète un timbre où pose Victor Hugo.

GO

DAVAÏ

RAS, DVA, TRI *

"Dis-moi, Jeanne, où va-t-on boire un verre ici ?"

Je suis resté badin.

"Emmène-moi boire un verre aux endroits où l'on boit un verre quand on a envie d'en boire un."

* Go, un, deux, trois (pour un compte rythmé).

Le nom du bar est anglo-saxon. Son enseigne en écriture latine. Pas besoin de traduction. Tu ouvres la porte. Je te laisse passer. Je suis resté latin. L'escalier descend. La musique monte. On y croise *Jethro Tull.* L'espace abolit le temps. Il m'est resté silencieux longtemps.

Ces notes de musique me rajeunissent ou me vieillissent ? Bien malin celui qui saura le dire.

"J'étais en mon adolescence, je ne me souvenais plus du temps de ma naissance.
J'étais dans un ailleurs sur cette terre.
Je voulais me nourrir de flammes *"
L'ambre de la lumière me réveille ;
Les volets sont absents de cette chambre.
Seules des jalousies ** sombrent le ciel.
Je ne sais pas où je suis.
Combien de temps ai-je dormi ?

* Ibid. Blaise Cendrars.
** Le mot "jalousie" désigne les volets roulants, les stores, comme nous pouvons les désigner de manière désuette. Une reminiscence du temps où les aristocrates russes parlaient français ?

Où pourrais-je être, y rêverais-je à toi mon ange, mon doux solstice ?

Je suis dans le lit d'un salon. Les kilomètres m'ont amené jusqu'ici. Je suis dans le trou de mémoire *. Je ne sais pas nommer cet endroit. Je cherche. Mon cerveau, plus lent que l'avion, plus lent que le train, refait le trajet depuis la ville départ. Mon corps a fait le trajet déjà. Ma tête le fait à ce réveil. Jusqu'à cette ville où j'habite. Maintenant.

Un réveil, une journée, une nuit.
Un réveil, une journée, une nuit.
Des pas, des vols,
Des repos, des repas en plein vol,
Des répits, repu, au sol.

Répit, repu,
Repas, repos,
Des pas, des vols,
Des pas au sol.

* Traduction littérale de la formule russe (et d'autres langues comme le roumain ou le tchèque).

Je suis las dans ce lit de sieste. Ma tête est palimpseste. Elle avance à grands pas. Elle rattrape. Des images circulent. J'y décèle des ombres.

Jehanne, laisse-moi en images pas sages, t'enlacer dans ce passage. J'y délaisse des cendres. Me lasserai-je de t'enlacer dans ces paysages qui m'emplissent ?

Y survivrai-je, Jehanne mon ange
A ces amours qui se tarissent ?
Y survivrai-je, Jehanne ma rage
A ces mirages qui me trahissent ?

*Nieijnaïa * Jehanne ; Nieijnaïa Jehanne.*

* Lors d'une lecture en Russie, un Russe non-francophone entend l'usage fréquent du son "j". Il me fait le cadeau de ce mot nieijnaïa qui veut dire "tendre". Je l'ai adopté pour accompagner le prénom Jeanne.

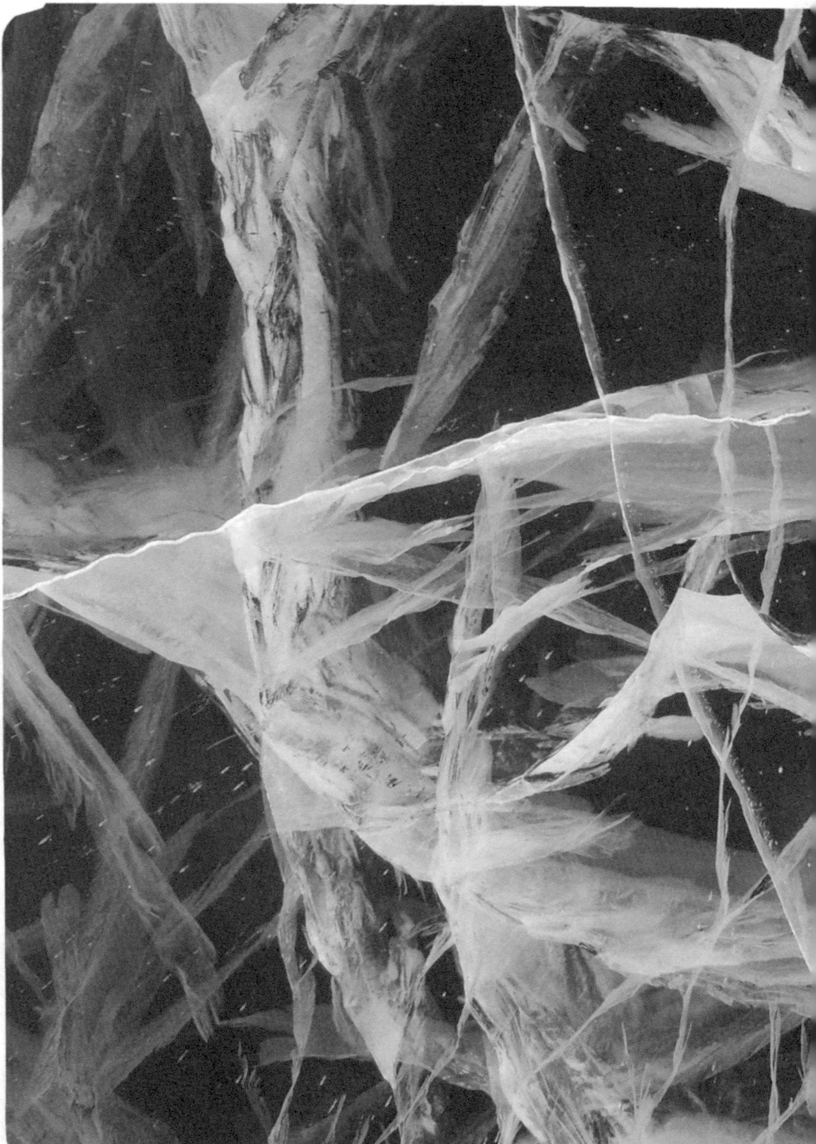

EPILOGUE

DES ANGES NUS jaillissent de l'eau. Des angelots jaillissent des nues. Dénués de scrupules, bleuis d'engelures, des nuées d'anges étranges jaillissent des failles de la neige blonde.

Que n'ai-je, mon ange, jeté au large dans la fange du ressac de ce lac gelé, l'anse du sac de voyage ? Mon ange, aurai-je assez vu la neige avant que de te revoir ? Aurai-je agi ainsi jadis, mon ange ? Aurai-je assez vu la neige avant que de lui dire au revoir ?

Me souviendrai-je de cette neige quand j'aurai l'âge des jadis ?

Je crapahute sur les clapotis du lac gelé. La glace claque mes pas. Je marche dans les plis de la glace. Un panneau à l'entrée du lac annonce la chaussée glissante. Un rond-point est signalé au milieu. Une ironie des services de l'Equipement russe.

Je perds la route.

Mes pas captent le vent.

Les étoiles organisent un chaos. Plus j'avance, moins je sais. Mes pas s'offrent à l'immensité horizontale. Je ne sais pas lire les étoiles. Que trouverai-je sous leur feuillage, quel arrimage où mes pas glissent ?

Je marche. Les étoiles sont au sol, autant qu'elles sont au ciel. Les étoiles sculptent la glace. J'y incruste mon regard. Je scrute ce ciel plat et horizontal. L'eau-terre s'entrouvrira. Une faille zèbrera la surface. Mes pas s'offriront à l'immensité verticale.

Les étoiles organisent un chaos.

Je tente de rester droit. Mes pas, mes pas, mes pas, mes pas

Totems chamaniques. Ile d'Olkhon, Lac Baïkal.

glissent en patience. Mes pas, mes pas, mes pas, mes pas tentent l'endurance. Le temps immobile pense l'ensemble. Mes oreilles se taisent. Mes pores se ferment. Mes yeux n'y voient que gouttes figées. Ma langue reste lourde. Mes pas, mes pas, mes pas se lassent. Ils m'emmènent dans un chaos crânien.

Où se trouve demain ? Où s'ouvre la faille ? Où s'arrime le diamant ? Où que je fusse, où que j'aille, où serai-je demain ?

L'eau-terre jaillira en amont. Je plongerai vertical. Je resterai debout. L'ancienne neige m'accueillera charmante. J'en serai l'amant. Elle me sera aimante.

Alors, sans doute, m'allongerai-je. Elle m'attire, elle le pôle. Moi l'aimant. Pieds, pas, pénis, poumons, épaules. Elle enjôle la nuit de mes pas. Mes pas, mes pas, mes pas, mes pas par milliers, enfilent des perles de froid. Je ne le sens pas. J'avance perdant la direction. Où vais-je ? Ai-je encore un sens ?

Le lac craque. Un bruit lézarde dans le sens de sa longueur. Je ferme les yeux pour mieux y voir.

Perdu sur le Baïkal, je recense mes muscles de douleur. J'ai la haine. Je suis bête. L'eau-terre, ancienne neige, me donnera le sommeil vertical. Son sein perlera mon désir. Des cahots de glace entravent mes pas. Mes pas, mes pas, mes pas, mais pas d'histoire vaine, je suis perdu. Elle et moi, c'est le chaos primaire des mythiques lointaines. Nous sommes père et mère dans l'union primitive. J'éjacule vertical dans l'eau-terre vierge. Les étoiles naissent toutes en feu de jouissance cosmogonique.

Mes pas stoppent.
Mes pas stoppent.

La terre s'entrouvrira un jour de bonheur.

Si j'arrête, le gel me tue. Je marche. L'eau-terre me tient debout. Mes pas captent le sol. Ils m'avancent. Moins je sais où je vais, plus j'avance dans ce voyage.

Ces étoiles éclairent ma nuit, de l'horizon à l'horizon. Elles sont les seules lumières, de l'horizon à l'horizon. Elles éclairent depuis le sol miroir. Je regarde. Mes pas me laissent apprécier pendant quelques pas. J'aspire les étoiles. J'aspire l'eau-terre. Les étoiles du ciel se reflètent dans la glace. Et si c'était l'envers ? Je perds mes repères de points cardinaux. Je n'ai gardé que le cinquième.

Jehanne, te reverrai-je malgré la neige, que dans ma nage, je haïs. Je suis perdu dans cette nuit.

Je ne dors pas. Je dormirai plus tard. Ma tête ressemble à celle que je serai quand je serai cadavre. J'ai envie de me casser de ce pays.

Il fait froid. Mes chaussures me font mal. Mes couches sont lourdes. Les appartements sont surchauffés. Toujours chercher où sont les “toiliettes”. Se retenir de respirer. Marcher et se perdre. Boire cul sec vodka. Ras-le-bol. Plein le dos. Ras-le-cul qui déborde. Je lâche et chie sur le lac. Toujours sur le qui-vive. Comprendre sans être sûr. Pêcher trois mots dans le contexte. Marre du thé. De l'alcool de blé. Je suis crevé.

Je veux café, Jack, cognac, *patom* frites et steack tartare. Et en plus, les barbares, ils parlent russe.

Mes larmes amères emplissent l'eau de cette mer intérieure. Le prochain dégel plongera leur amertume au plus profond. Elle sera digérée par les poissons du lac. Lac chante au soleil levant.

Klioukva bourgeonnera.

Je couche sur lac. Froid pénètre fesses. Soleil penètre front.

Jehanne, je fais l'amour sur le lac. Le chaud de ta bouche sur le froid de la glace. Jouir à blanc à la verticale. Y parviendrai-

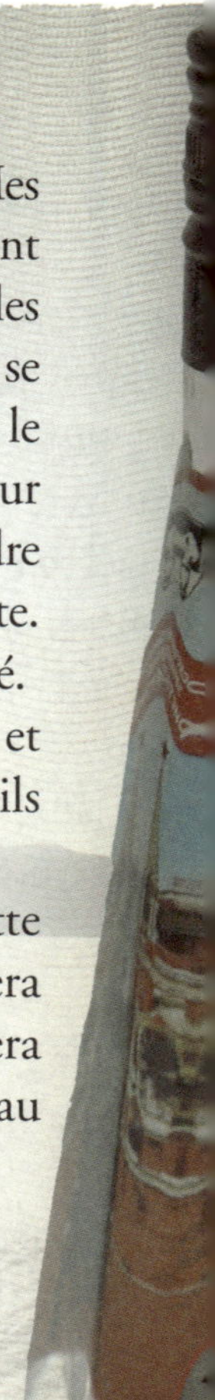

je sur cette neige, dans ces palais qui me réjouissent ?

La glace est blonde comme le vent. Mes yeux cherchent l'indicible peau ambrée. Le sol reflète les étoiles comme la lumière sur le sexe des femmes. Seul, je m'immisce dans ce cahot lissé.

Seul, j'avance le cœur plissé.

Le “a” est féminin.

Le “u” devient “v”.

L'avrora * sera belle en cette fin d'insomnuit.

* L'aurore. АВРОРА en cyrillique, AVRORA, latinisé.

Adeline STOFFEL

Enseignante Lettres - Théâtre
à Charleville - Mézières (Ardennes)

06 - 45 - 29 - 41 - 32

stoffel.adeline@wanadoo.fr

Déjà parus :

Passeport pour Hong-Kong, Boris Martin
Passeport pour Cheju, Isabelle Lacamp
Passeport pour Le Pourquoi pas, Thierry Jigourel
Passeport pour Tokyo, Sébastien Lebègue

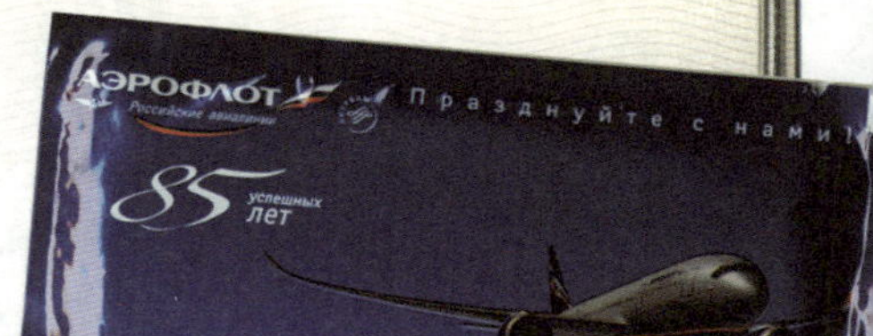

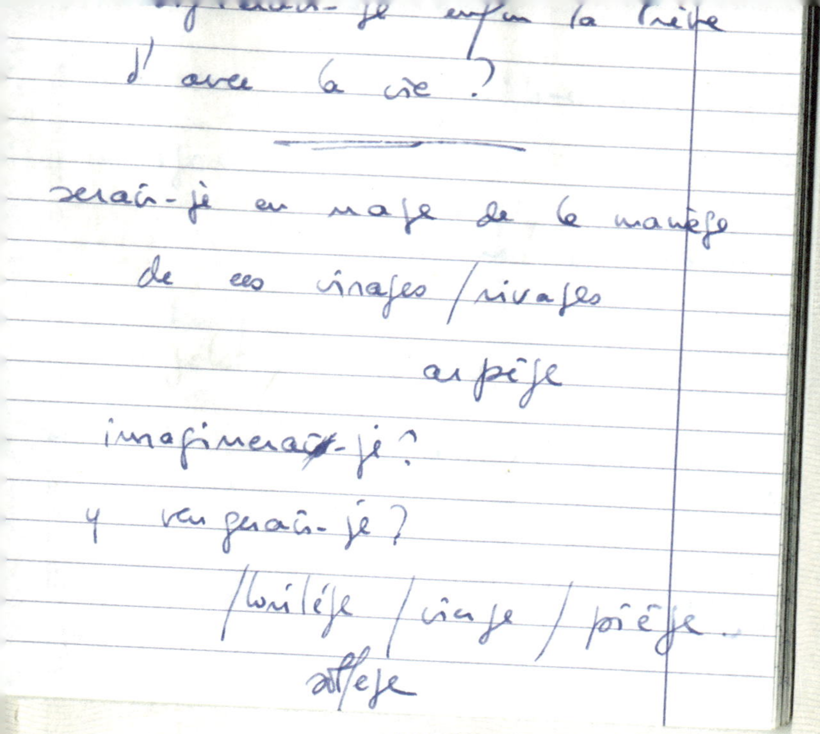

REGION AQUITAINE

Cet ouvrage a bénéficié du soutien du Conseil Régional d'Aquitaine.

A ceux et celles qui m'ont accompagné dans l'écriture et les voyages, à ceux et celles qui m'ont accueilli en Russie, à ceux et celles qui ont supporté mes absences. Ils se reconnaîtront.

Crédits photographiques :
Philippe Rousseau, Caroline Auriacombe, Baptiste Rousseau, Mathilde Fourgeaud.

Achevé d'imprimer en novembre 2010, par l'imprimerie
Présence Graphique, pour le compte des éditions ELYTIS.
Dépôt légal : novembre 2010.